KB275118

오후의 잠

🌙 P.S 미래시선 13

오후의 잠

최별하 시집

해넘이를 바라보며 시간을 보내는 일을 좋아합니다.
적막이 낯설지 않은 평온 속에서 마음은 고요히 가라앉습니다.
밤이 찾아오면 어두워진 하늘 속에서 별빛을 찾습니다.

어떤 날은 하늘을 바라보다 돌부리에 걸려 넘어질 뻔했지만,
다행히 넘어지진 않았습니다.
그날 이후로 저는 하늘을 조심스럽게 더 자주 올려다보게 되었습니다.

스승님께서는 그런 저에게 '별하'라는 이름을 지어주셨습니다.
엉뚱할 만큼 하늘과 별, 달을 좋아하던 저에게
"우주 속 수많은 별을 바라보며 아름다운 시를 쓰는 시인이 되라"는 뜻을 남아주셨습니다.

별빛은 멀리 있어도 늘 우리 곁에 머물러 있습니다.
언젠가 밤하늘을 올려다보는 누군가의 마음에
별빛의 따스함을 전할 수 있기를 바라며
오늘도 그 빛 속에서 시詩를 써 내려갑니다.

그런 시詩가 누군가의 마음에

조용히 머물 수 있기를 바랍니다.

최별하 Byeolha

제1부

너를 기다리는 시간

오후의 잠

책 속의 문장들이 춤을 춘다

소란스런 풍경 사이로 별빛이 스며든다
문장 위로 후두둑 떨어지는 시선,
빗자루질하듯 손바닥을 휘젓는다
눈동자에 비친 붉은 하늘을 가로질러
기차가 한강철교를 건넌다

흔들리는 문장 사이로 불쑥 내민
그대의 미소가 들어온다
우주 속에 단둘이 남은 고요한 시간
시간은 길고 지루한 어둠을 끌고 가느라 분주하고
전철은 노을 속으로 들어갔다

문장을 읽어가던 눈동자가 초점을 잃었다
낯설게 웃는 듯 마는 듯
희미하던 그 사람 그림자도 사라졌다

끝인지 시작인지 모를
어둠이 밀려오고 있었다

꿈인지 생시인지

여름으로 가는 길목,
밤거리가 뜨겁다
막걸리 한 병을 비운 탓인가
뜨거워지는 몸속으로 영화 같은 시간이 펼쳐진다
"한 잔 더!"를 외치는 동료의 말을 뒤로 하고
시내버스에 뜨거워진 몸을 실었다
순간 '한 잔 더할 걸 그랬나'
뒤늦게 미련이 밀려왔다
쓸쓸하고 외롭게 느껴지던 일상의 공허가 나를 따라왔다
그리고 한순간
하얀 물거품처럼 사라졌다
막걸리 한 잔으로 올라온 취기 덕분에
꿈인지 생시인지 가늠하기 어려운
발걸음을 옮겼다

집으로 가는 길

멀리 돌아갑니다
한산한 밤길,
도란도란 이야기하는 사람들
사이로 바람이 따라옵니다

어깨를 들썩이며 따라옵니다
눈이 마주쳤네요
내 사연이 궁금한 듯 옷자락을 잡아끕니다
물끄러미 바라보다 유유자적 떠나갑니다

머물다 간 자리마다
낙엽이 동무처럼 따라옵니다
눈이 마주쳐서 한참 웃다가
정처 없이 그렇게 발걸음을 옮깁니다

TV를 보다가

27인치 화면을 보고 있다
최백호의 '부산에 가면 너를 볼 수 있을까' 노랫말이 나온다

20년 전 너의 모습이 떠오른다
선이 고운 옆모습이
쇼윈도 너머 슬로우모션으로 흘러간다
해변을 걷는 사람들은 파도 쪽으로 휘청거린다

노래는 끝이 났다
느린 시간 속에
마지막 입맞춤만 뜨겁게 남았다

엄마를 닮았다

김치만 있어도 마음이 편하다고 말씀하시던
엄마가 그리울 때면
나만의 맛집을 찾아간다
밑반찬이 푸짐하게 나오고
구수한 누룽지를 후식으로 먹을 수 있고
돼지고기가 듬뿍 들어가 냄새부터 맛있는 집
김치찌개를 먹다 보면
엄마의 모습이 선명하게 떠올랐다

그래서인가 한동안 혼자서는
김치찌개를 끓여 먹지 않았다
김치는 그냥 먹어도 충분했고
찌개를 끓이면 낭비하는 느낌 때문에
섣불리 끓일 생각조차 하지 않았다

누군가와 함께 저녁밥을 먹으며
하루의 고단함을 풀어낼 편안함을 주고 싶었다
엄마의 시간으로 만들어진 김치로 찌개를 끓이며
그리움이 행복이 되도록 주문을 걸었다

네 모습이 엄마를 닮았네
무심하게 한 마디 툭 던지고
먼 산을 바라보던 눈동자 속에 오래된 슬픔이
묻어나왔다

묵은 그리움들이
김치찌개가 끓고 있는 냄비 뚜껑을 밀어 올리는 동안
머리카락이 희끗해진 소년의 시간들도 증발하기
시작했다

사월도 연둣빛으로 저물어 가는 봄날,
나는 더 이상 밖으로 나가지 않는다
소박한 밥상 위에서 지글지글 끓고 있는
김치찌개를 먹으며
마주 앉은 너의 시선을 맞추고 있을 뿐이다

수제비 엄마

휴일 오후, 조용한 집안에
도마를 다지는 칼춤 소리가 들려왔다
이불을 뒤집어썼다

얼마나 지났을까
햇살이 쏟아지는 소리에 눈을 떴다
식탁 위에 놓인 수제비 한 그릇

올 것이 왔다
'엄마 어렸을 적에 매일 먹었어. 지긋지긋해.'
'그런데 왜 했어?'
'그냥 먹고 싶어서.'
애증이 가득한 수제비 그릇을 한참 바라보다가
'우리 엄마는 오빠들한테만 쌀밥 주고 나랑 언니한테는 수제비
만 줬어.'
'아들한테 제대로 대접도 못 받고 갈 거면 잘 좀 해주다 가지.'

찬바람이 훅 끼친다
새벽녘 산을 타고 내려오는 안개처럼 그리움이 밀려온다
할머니가 돌아가신 지 20년도 넘었지만
딸은 아직도 엄마가 그립다
식탁 위에 수제비 한 그릇 미운 엄마처럼 누워 있다

계양산을 오르다

비가 그치고 푸른 하늘이 보이는 아침
눈을 뜨자마자 산에 가야겠다고 생각했다
사과 한 개를 깎아 통에 담고 생수 2병을 챙겼다
장마 끝에 내리쬐는 햇볕은 세상을 뜨겁게 만들었다
산 중턱에 오르자 땀이 범벅이다

정오의 뜨거운 햇살 덕분에 사람도 보이지 않는다
얼굴이 하얀 소년들이 오고 가는 모습이 보였다
눈을 들어 보이는 곳마다 푸른 파도가 밀려왔다

과거는 언제나 충분히 그리운 법,
두 시간 만에 산길을 내려오며
시간의 옷깃을 여미다가
오늘 하루는 소년처럼 살아야겠다고 생각했다

꼴랑 세 잔

글쓰기 수업 끝나고 막걸리 한 잔
마시라고 했더니 꼴랑 세 잔
세 병 마신 것처럼 얼굴이 붉어져 걷던 인현시장 길,
길거리 연인들 사랑놀음에 홀려
한눈팔고 걷다가 절뚝, 발을 접질렸다
바닥에 풀썩 주저앉아 눈만 껌뻑껌뻑거리다가
아무렇지도 않은 듯 벌떡 일어나 한 발짝 내디딘다

턱까지 차오른 숨,
멀쩡한 도로에서 넘어질 줄 몰랐을 것이다
한눈팔다 보면 멀쩡한 길에서도
언제든지 무릎이 깨질 수 있다는 걸,

숨을 쉬려면 숨구멍을 만들어 놔야 하는 것처럼
앞일을 내다보는 지혜를 가지려면
先見之明이 있어야 한다는데
내 앞에서 설치는 똥개들은
앞서가는 개새끼들 뿐이다

나만 바르게 살면 된다고 누가 뭐래도
일편단심으로 살아왔건만
그동안 내 등골 빼먹은 놈들
버젓이 금뺏지를 달고
주인을 향해 칼을 휘두른다

오늘은 시원한 막걸리 한잔에 하루의 갈증이 풀렸다
빈대떡집 티비 화면 속에서 잘난 척하는
똥개를 바라보다가 나도 모르게 한마디 했다
'캬~~~, 역시 선犬지명이 있으십니다.'
화면 속의 똥개, 뭐가 좋은지 계속 웃고 있다

눈물 폭포

그대를 만날 수 있으리라 부푼 기대를 안고 걸었다
발끝에 걸린 그림자를 따라갔다
그대에게 다다랐다고 생각하는 순간
세상은 적막했다
회색빛 두려움만 몰려왔다

하늘과 맞닿은 절벽이 나를 내려다보았다
눈이 부셔 제대로 쳐다볼 수 없었다
우거진 숲 사이로 이름 없는 잡초들의 아우성만 가득했다

내가 늦은 것인가
아직 도착하지 않은 것인가

저 끝에 서면 그대가 보일 수도 있을 거야
절벽 위를 향해 걸었다
가빠지는 숨소리 끝에 꽃향기가 묻어나고
땀방울 떨어진 땅 위에 새싹이 돋아났다
해가 저물 때까지 기다렸지만 그는 오지 않았다

얼마나 울었던가 겨우 길이 보였다
퉁퉁 부은 눈 속으로 폭우가 쏟아졌나?
절벽 너머로 폭포가 생겼다
말라버린 눈물샘을 대신해
절벽이 울고 있었다

연어와 석류, 사랑을 했다

강으로 되돌아가는 길목, 거친 손짓을 피하며 힘껏 날아오른다
괴롭다 한들 피할 수 없고 힘에 부쳐도 쉴 수가 없다
높게 날아올라 하늘이 닿지 않는 곳까지 펄떡거리며 뛰어오른다
강둑 너머 펼쳐진 노을빛에 눈이 부시다

물보라 휘날리며 힘차게 날아오르던 너를 봄부터 기다렸다
흰나비도 다녀가며 너의 안부를 물었다
꿀벌도 나를 안아 주었다
구름의 눈물도 나를 흔들어 깨웠다
분홍빛 화관을 씌워 주며 연둣빛 치마를 입혀 주었다
알알이 맺힌 날들이 붉은색으로 변해버렸다

돌아와도 만날 수 없는 그대
저 산 너머 선홍빛 물결이 춤을 춘다
아마도 나를 위한 그대의 숨결인 것 같다
붉은 물빛 속에서 느껴지는 뜨거운 핏줄,
땅속 깊은 곳으로 흘러 물속의 연인과 만나는 순간
연어와 석류는 사랑을 했다

땅이 운다

잠깐 눈을 감았다 떴는데 벌써 아침이다
억지로 몸을 일으켜 길을 나선다
비가 내린 것도 아니고 눈이 내린 것도 아닌데
발끝에 축축함이 닿는다

울어야 할 인간은 따로 있는데 땅이 운다
길목마다 눈물 자국이 선명하다
땅의 눈물을 아무도 보지 못한 걸까
신호등에 파란불이 깜빡이고 사람들은 그저 뛸 뿐이다
아무도 땅과 시선을 마주치지 않는다
누구도 관심이 없다

사람들의 적당한 무관심 속에서
땅이 울기 시작하면
산 너머 저쪽으로부터 어김없이 봄이 돌아왔다

올레길을 걸으며

제주 올레길을 걷는다
아무 생각 없이
마지막을 향해 묵묵히 발걸음을 옮긴다

그 길을 열일곱 번을 걷고 나서야
우연히 발견한 발자국 하나

내가 지나온 발자국이라 생각했는데
누군가 앞서간 발자국이었다
그 발자국을 따라간다

그동안 눈에 보이지 않았다고
애써 먼저 간 발자국을 외면했다

내가 지나가고 나면
누군가 또 그 길을 걸어올 것이다
내 발자국은 묻히고 새로운 발자국이
새겨실 것이다

어떤 오늘

낯선 숙소에서 잠을 청했다
잠이 오지 않아 두리번거리던 시선 끝에
방명록이 눈에 들어왔다

'남자친구와 같이 오기로 했는데 한 달 만에 헤어지고 혼자 왔
어요.'
'취직했는데 출근하기 전에 쉬러 왔습니다.'
'군대 입대합니다. 복잡한 생각 정리하려구요.'
'휴학하고 도망치듯 왔는데 뭘 해야 할지 모르겠어요.'

익명으로 적어 놓은 사연들이
내 사연을 들킨 것 같아
도망치듯 방명록을 덮고
서툰 잠을 청했다

남자친구와 헤어진 그 여자는 잘 지내고 있을까
취직한 친구는 회사에 잘 다니고 있을까
군대 간 청년은 잘 적응하고 있겠지?
휴학한 대학생은 복학을 했을까?

머리끝까지 이불을 뒤집어쓰고
이대로 잠들면
눈을 뜨지 않았으면 좋겠다고 생각했다

이불을 뒤집어쓰면
걱정이 사라지던 시절도 있었다

다시 기억의 회로가 리셋될 수 있다면
오늘을 건조기 속에 넣고
뽀송뽀송하게 말리고 싶다

끼리끼리

대단한 사람들이
대단한 사람이 만든 모임에
제 발로 찾아와
대단한 모임이 완성되었다

단단하고
덤덤하게
단정하고
대범하게
한 번뿐인 삶을
대단하게 펼쳐나가며
우리의 시詩가 완성되었다

지하철을 타고 아침을 건너간다

목을 타고 들어오는 알싸한 느낌의
커피를 음미하다가 사레가 들렸다
어젯밤 예고도 없이 외박한 아들 녀석 때문이다
바람에 흔들리는 나뭇가지 같은 일상이 반복되고 있다
어깨는 처지고 눈꺼풀은 내려앉아
눈을 뜨고 있어도 감은 거나 마찬가지다
몸은 쓰러질 듯하지만 결코 넘어지지는 않는다
발톱을 세워 땅속에 박아두길 잘했다
연천행 지하철은 쉬지 않고 나를 끌고 가고
쇼윈도 너머로 마주친 마네킹에게
영혼 없는 미소를 보낸다
사는 게 뭐라고 체면이 뭐라고
무슨 미련이 남아서 이토록 애처로운 아침을 건너가는지
눈을 감은 채 한강철교를 건넌다
목적지 없이 어디론가 끌려가는 중이다

봄을 기다리며

낼모레면 춘분이다
아직 생의 미련이 남아 있나
바람은 굴포천을 서성거리고
연둣빛 새싹 위로 봄눈이 내렸다

길 끝에 당도할 봄을 기다리며 서성거리다
언덕 저 너머 빛을 향해 손을 흔들고
밤새 안녕을 전한다

기다리다 보면 곧 다시 만날 수 있겠지
땅을 밀고 나오는 힘겨움도 잊게 만드는
대지의 미소에
나지막이 불러 본다
봄아,

너를 기다리는 시간

지하철 플랫폼에 기대
햇빛과 놀다
라디오에서 흘러나오는 산불 소식을 들었다
시간이 지날수록 인명피해가 늘어나고 있다고

오늘 밤 예보된 비 소식을 들으며
제발 비가 많이 내렸으면 좋겠다고
마음속으로 간절한 기도를 올리며
나를 닮은 그림자도 나를 따라왔다

지나간 시간의 기억은 플랫폼에 남아
가끔 기적처럼 울렸다 그쳤다를 반복하는
돌아오지 않는 열차를 기다리며
하염없이 철길 너머를 바라보고 있다

아버지의 집

내가 지친 몸을 기대어 쉴 수 있는 집이 있다는 건
그곳이 어디든 찬란하고 평화롭다
그곳에서 내 몸이 영원하길 바라지만
어차피 꿈으로 끝나는 인생,
그래도 살아냈다는 안도감 때문에 오늘 하루도
무사히 지나간다

그리고 이십 년도 더 지난
호숫가 물빛 속에서 아빠를 만났다
딱 지금의 내 나이다
지천명을 바라보지도 못하고
급하게 먼길 떠나느라 눈빛 한번 마주치지 못했다

오늘 호숫가를 거닐다
서둘러 떠나버린 이십 년 진의 잃어버린 눈빛을 만났다
머뭇거리다 놓쳐버린 지난날의 기억들이 되살아나
차마 이름조차 불러보지 못하고
호수 속 물빛 같은 눈동자만 바라보았다

제2부

시를 읽는 사람

그럼에도 불구하고

시간은 어찌나 빨리 흘러가는지
꽃을 보는 그녀의 뒷모습을 바라보다
숨이 멎고 말았다

그 순간 갑자기 뱃속에서
꼬르륵,
허기진 햇살이 꽃을 보고 놀라
나도 모르게 속마음을 들키고 말았다

긴 한숨 대신 내뱉은 꼬르륵이라니
가지런한 입술 사이로
미소 대신 삐져나온 허기는
고단하고 고독한 내 그림자다

그림자도 보이지 않는
깜깜한 골목길 끝을 하염없이 바라보다
들킨 사람처럼
너를 향해 걸어가는 내 발걸음 속엔
아직 따뜻한 온기가 남아 있다

회사원의 봄

벗꽃이 만개한 건 알았지만
바쁜 일상 때문에 애써 외면했다
시간은 여지없이
꽃비 사이로 지나가고
내 마음은 바람꽃이 되어 춤을 추는데
정절을 지키는 미망인처럼
나는 고개를 돌릴 새도 없이
앞만 보고 걷고 있다

기다린다는 것은

작은 꽃다발 하나
화장대 위에서 고고한 자태를 뽐낸다
비가 내렸고 밤이 되었고
기다리다 기다리다
활짝 커진 눈빛으로 마주 보았다

기다리는 일은
다시 보게 될 기대를 안은 일이 될 수도 있었다
문득 못 알아보면 어쩌지
그때의 내가 아닐까봐
그때의 네가 아니라면,

어느 작가의 말처럼
기다리는 것은
시나리지 않는 깃보디 행복히다
기대와 희망 속에 살아가면
영원히 너와 마주치지 않는다면
그렇다면 나는,

가면을 벗고

세월 속 계절은 매번 같은 옷을 입고 찾아오지만
그때마다 변하는 내 모습은 낯설고 익숙하다

무슨 일이었는지도 모르게
분노하던 시간들도 녹슨 도끼날처럼 무뎌지고

붕어빵을 팔아야 하나,
어묵을 팔아야 하나
정치인들의 말 한마디에 토를 달며
하루하루 살길이 막막한
아줌마들의 대화를 엿들으며 퇴근을 한다

내가 하는 일은 친절과 미소가 기본이지만
직장의 문을 열고 나서는 순간
가면은 벗어버린다

그리고 오직 내가 나에게 솔직해지는 시간,
가슴에 손을 있고 글을 쓴다
상상과 경험의 날개가 깃을 펼친다

그때가 좋았어

비가 그치고 하늘이 환한 아침
베란다에서 바라본 나뭇잎들은
유난히 밝은 초록을 뽐내고 있었다
초록의 대지에 풍덩 빠지고 싶다는 생각이 드는 순간,
마음이 급해졌다

사과 한 개, 생수 두 병을 챙겼다
장마 끝에 내리쬐는 햇빛은 무자비했고
찜통 속으로 걸어 들어가는 느낌이었다
산 중턱에 오르자 온몸이 땀으로 샤워를 했다

'내가 여길 왜 왔지?'
산에 오르고 싶었던 마음보다
숲속을 거닐고 싶었던 욕심이
스스로 고단한 순간을 만들었구나

머리카락 사이로 뚝뚝 떨어지는 땀방울을 헤아리며
정오의 뜨거운 햇살 아래 힘든 걸음을 옮겼다
사람 하나 보이지 않는 등산로를 걷다가
한 무리의 은빛 소년들을 만났다

　　　　오후의 잠

'30대 때는 산에 뛰어다녔어'
'계단도 없었고 등산화도 없었지'
'정상까지는 그냥 가는 거라고 생각했지'
'젊어서 무모했지만 그래서 재밌었어'
힘들다고 생각할 겨를도 없었다고 말하는 그들은
일제히 웃음을 터뜨렸다
힘든 발걸음에도 은빛 소년들의 눈은 유난히
반짝였다

나도 지금의 힘겨운 시간이 지나고 나면
어느 날 은빛 소녀가 되어
지금의 40대를 회상할 날이 오겠지
무심하게 산을 오르던 지금의 모습을 떠올리며
'그때가 참 좋았지'
한마디 할 수 있으면 좋겠다

나이가 들어간다는 것은 서글픈 것이 아니라
익어가는 것이라고
가슴 속의 기억을 숙성시키며
소중한 별 하나를 빛나게 하는 것이라고
생각하는 것이다

어른이라는 이름

대단하지 않아도 된다
특별하지 않아도 된다
지금 이대로도 충분하다
멋지게 말해주지 않아도 되고
잘난 척 가르치지 않아도 된다
그냥 하고 싶은 말이 있어도 참고
눈빛으로 웃어주면 된다
함께 걸어가며 가볍게 손을 잡아도 좋고
술 한잔하면서 어깨를 가볍게 두드려 주어도 된다

어른이란 이름은 없다
지천명을 바라보는 나이에도 힘든 건 위로받고 싶고
지치면 기대고 싶다
어른은 끊임없이 깨닫고 행동할 수 있을 때
부르는 이름이다

오늘 맞이하는 아침은
누구나 처음이다

어른은 어제 겪었던 아침을
다시 맞이하는 것이다

내일 아침도
처음처럼 낯설고 어색하겠지만 아무렇지 않을 것이다
느리고 서툴러도 괜찮다
이제 그런 순간쯤은 익숙해질 때도 됐으니까

햇살되어 빛나다

6월 초순인데 벌써 뜨거운 아침 공기가
짐승처럼 몰려왔다
발걸음마다 떠오르던 생각의 흐름을 따라
동생이 다녀갔다

겨우 한 살 터울인데 나이 차이 많이 나는
언니처럼 의젓하고
그의 모든 것들은 귀엽고 앙증맞다

청춘 만화의 주인공처럼 해맑고 개구지던 그가
찬 바람이 불면 바람 더미 속에 파묻혀 숨을 헐떡거리고
흩날리는 머리칼 속 애벌레가 되었다가
나비로 탈바꿈해 변신을 거듭했다

하늘을 유유자적 날아다니는 나비라면 좋으련만
걱정 인형이 되어 세상의 모든 괴로움을 끌어안았다
웃고 있지만 즐겁지 않아 보였고 똘망똘망 해맑던 눈동자는
마주치지 않는 시선 끝에서 흔들리며 불안하고 초조해 보였다

'아침이 되어도 눈뜨지 않게 해주세요'
어느 날부터 그는 사라지고 싶은 마음을
우주의 원리를 위한 기도처럼 읊조렸다
가슴 한편에서 '내가 왜 이러지?'
해답을 찾고 싶은 간절함은 점점 자라났다

해야 할 일이 있어서 눈을 감을 수도 없다고 했다
가슴 치는 웃음을 짓고 아직 때가 되지 않았으니 조금 더 일하라고
애써 웃으며 슬픈 농담을 주고받는다
그렇지만 오늘 하루도 잘 살아냈으니 참 다행이다

그는 불안함을 잠재우고 싶어 병원을 찾는다
한 시간을 기다렸지만 진찰 시간은
겨우 10분 남짓이다
약을 먹으면 된다는 짤막한 안내와 처방전은
감기 환자를 대하듯 기계적이었다
병원문을 나서며 곧장 집으로 돌아와
약을 먹지도 않고 병원을 다시 방문하지도 않았다
기계속 부품처럼 그들과 같은 사람이 되고 싶지 않았다
구석진 곳만 찾는 눈길을 바깥으로 끌어내 공원을 걸었다
지치고 힘든 여정을 혼자 걸어 나오고 있었다

그와 함께 자전거를 탔던 날은
햇살이 눈부시게 아름다운 날이었다
멋진 여행지도 아니고 하루 종일 놀 수 있는 휴일도 아니었다
출근이 코앞이고 해야 할 일은 산더미처럼 쌓여 있었다
나무들이 바람에 흔들리고
햇살은 무심하게 빛나던
무수한 날 중 하루 일뿐이었다

그래도 이 시간이 지나고 나면
그의 웃음소리도 초록의 대지처럼 푸르게
돌아날 수 있기를 기도한다

다시

당신을 만나고 오는 길입니다
벌써 그립습니다

기다리는 모든 것은 그리움 속에 머물고
입 밖으로 내뱉지 못한 말은
어둠 속으로 사라집니다

다시

자연스럽게 움직이는 몸의 궤적은
해가 일러 주는 빛의 길을 따라
그대를 만나러 갑니다

몽글한 하루

해넘이를 바라보는
수많은 시간들과
수많은 공간 속에서
혼자였던 날이 있었다

특별하게 간직하고 싶은
인연들과 머물렀던 날들이었다
무심결에 지나갔던 순간들도 많았고
짧은 시간의 황홀함에
넋이 나갔던 날도 많았다

그렇게 황혼을 응시했다
익숙하지 않은 눈빛으로
시간에 머물 수 없었던 풍경 속으로
새로운 삼성들이 몰려왔다

평범한 일상 속에서
벅차오르는 순간은 찰나에 불과하다
그 순간을 만드는 것도 나였다

하루의 일과를 마치고 돌아오는 길
소소한 일상이 노을 속에 물들 때
나는 한 마리 불새가 되어 날아가고 싶었다

시간을 끌어안은 사랑

너를 사랑했다
온 시간이 너를 향해 있었고
내 모든 공간이 온통 너였다
죽어도 좋을 만큼 사랑했다

너를 더 많이 알고 싶어했다
가끔은 네가 낯설게 느껴졌다
그래도 너는 사랑스러웠다

시간이 시간을 업어가며 겹겹이 쌓인 추억
그 위에 살포시 먼지가 보일 때
마주 본 시간보다 서로의 뒷모습을
바라본 시간이 더 많아진다
궁금하기만 했던 네 모든 것들
이미 다 알아버렸다 단정 짓게 되었다

시간을 끌어안고 숨이 막힐 만큼 사랑한다고 말한다
시간을 흘려보내며 사랑했었던 모든 게 부질없다
열렬한 사랑이 낯설게만 느껴진다
시간을 끌어안은 사랑은 영원한 듯 영원하지 않다

죽음과 삶 사이

얼굴도 모르고
이름도 모르는 사람의 부고 소식을 들었다

그는 아무도 없던 곳,
홀로 남겨진 시간 속에서 무엇을 생각했을까
생각할 겨를은 있었을까
그 마음을 들려줄 목소리는 이제 어디에도 없다

그림자 속으로 사라져버린 그리움,
눈물조차 보이지 않는다
안타까움조차 사치처럼 느껴지고
누군가의 위로는 더 이상 위로가 되지 않는다

짧은 탄식 하나로 그 사람의 이야기를 듣는 지금,
나는 남은 삶을 떠올린다
앞으로 내게는 이런 허망함이 없기를,

해가 뜨고 지는 일
일상의 작은 풍경들,
볼 수 있고 만질 수 있는 것들,
그것들이 전부라 믿고 싶다

아니, 내 마음이 잠시라도 쉬어갈 수 있다면
그 순간이 전부일 것이다
그런데 아직은 아니다

죽음은 무엇이고
살아간다는 것은 무엇일까
내가 원하는 삶은 무엇이고
내가 맞이할 죽음은 무엇일까

부고 뒤에 따라 오는
침묵이 나를 수의 속에 가두고 있다

가로등을 세어 보며

나른한 시간이 계속된다면,
그냥 계속 기다리게 된다면,
내 기대는 아랑곳하지 않고
그대는 끝내 나타나지 않는다면

어차피 혼자 왔다가 혼자 가는 세상,
가끔은 외로워도 좋다
그저 그대가 이유 없이
불쑥 찾아와 주기를 바랄 뿐이다

해 지는 공항 의자에 앉아
서쪽 하늘을 바라본다
무심히 내어준 어깨에 그대가 기대어
저물어 가는 노을빛을 함께 바라봐주기를

거리에는 가로등이 하나둘 켜지고
발걸음이 닿는 불빛을 헤아리며
그대와 나란히 걷고 싶다
손이 축축해질 때까지,
밤의 바람 속에서도 놓지 않고 싶다

아무에게도 방해받고 싶지 않은 날,
그대를 떠올리며 앉아 있는 지금
내 마음은 여전히 길 위에서
그대를 기다리고 있다

밤 편지

노트 위 연필 흘러가는 소리
사사삭 온 방에 울려 퍼진다
사각 사각 사각
한 획이 그려질 때마다
네게 전하고 싶었던 그리움은 단어가 되고
긴 숨 속에서 꺼내져 완성된 문장들은
내 작은 방 여기저기서 손끝을 기다린다
편지지 위 어디에 놓여질까

많은 문장을 쓰면 뭐하나
'보고 싶다', '사랑 한다'
두 문장 편지지 위에 올려놓고
몇 마디 전하지도 못할 거면서
숨죽여 기다리던 문장들이 나를 보며 안타까워한다

조용하다 못해
먼지의 움직임도 느껴지는 고요 속
빈방에 홀로 앉아
너에게 전하고 싶은 문장들을 불러 모은다

아직 완성되지 않았지만
어슴푸레한 어둠이 걷히는 적막 속에서
쓸쓸한 문장들이 편지 위로 느리게 내려앉고 있다

달 그대

입동도 지나지 않았는데 하얀 입김이 솟아나는
11월 어느 날, 창경궁 밤 풍경 속을 걸었다
오래된 기억 속 희미해진
그 사람이 별빛을 건너와
나를 따라왔다

'하루에 한 번은 꼭 밤하늘을 바라봐'
갑자기 떠오른 그의 말에 하늘을 봐라봤다
어느새 어둠이 내려앉은
구름 사이로 새하얀 달이 보였다
그 사람도 나를 보고 있을까?

깊은 숨을 내쉬고 한걸음에 달려가
달 속에 담겨 있는 내 모습을 보았다
뭉칭진 용마루 위,
밤바람을 등지고 서서
푸르게 시린 달의 눈빛을 마주쳤다

지난밤 밤새도록 누군가 닦아 놓은 달빛에
내 마음이 반사되어
그 사람의 숨길을 따라가고 있었다

'하루에 한 번은 꼭 밤하늘을 바라봐'
내가 그리운 날 그 사람도 달을 보고 있을까
고궁을 나와 광장시장에서 빈대떡에 막걸리 한 잔
걸치고 집으로 향하는 길목에 서 있던
익숙한 달빛, 그가 분명하다

지하 주차장에서 그대를 기다린다

보름이 가까워질수록 둥글어지는
모습을 드러낼 때면
그대는 늦어도 괜찮다며 한적한 도로 위로 내 손을 잡고 달렸다

그렇게 어느 한 곳에 당도하고 나면 그대는 언제
그랬냐는 듯 내 손을 놓고
무심하게 돌아앉아 빈 하늘만 바라보며
긴 한숨을 내쉬었다

달빛은 더 밝은 빛 속으로 나를 끌어들이고
그대는 은밀하게 누구에게도
보이지 않았던 깊은
소리를 내뱉는다

호소하지 않아도 된다
그저 호흡의 건너편에서 너의 입김을 느끼고
온몸으로 끌어안으면 그뿐이다

찬 기운이 내려앉기 시작하면
내 곁을 떠날 그대
환하던 달빛마저 구름에 가려
공기마저 스산해지지만
그대가 뱉어낸 숨결과 온기로
새벽빛이 보일 때까지 그대를 기다릴 수 있었다

나를 알아주고 믿어주는 단 한 사람만 있다면
살아갈 이유가 있는 것처럼
마지막까지 나를 기다려 줄 수 있는 단 한 사람
그대가 있어서 나는 오늘을 살아갈 수 있다

아버지의 막걸리를 내가 마신다

어슴푸레 검은 이불을 내려 덮는 시간이 찾아오면
사부작 사부작 검정 비닐봉지 소리가 들린다
아버지가 빌라 3층을 걸어 올라오는 소리다
발걸음마다 흔들리는 비닐봉지 소리가 느릿하게 따라오는 걸 보니
하루 일이 호락호락하지 않았나 보다

문을 열고 환하게 웃으시며 '아빠 왔다' 하고는
비닐봉지 속에서 막걸리 한 병을 꺼내 식탁에 내려놓는다
저녁상에 빠지지 않고 등장하던 참새 방앗간 같은
막걸리 한 병,
밥상과 어우러져 하루의 고단함을 녹인다

내가 기다리는 고기반찬은 아무리 기다려도 나오지 않고
보기 싫은 김치만 자리 잡은 밥상에서
아빠의 막걸리까지 합세한 저녁상은 꼴 보기 싫었다
그렇게 매일 저녁 투덜대며
아빠와 마주하는 저녁은
재잘거리는 이야기도 환한 웃음도 없는
툴툴거리는 심술만 있었다

아버지는 감정을 짐작할 수 없는 묘한 표정으로
딸내미들이 밥을 다 먹을 때까지 천천히 막걸리를 마셨다
'밥 다 먹었네. 얼른 들어가 쉬어라.'
아버지는 막걸리와 함께한 저녁상을
물리자마자 혼곤한 잠에 빠져들었다
마주한 딸내미 얼굴보다 허전함과
고단함을 달래주던 막걸리가 더 좋았던 걸까

막걸리를 뼛속까지 끌어안은 채 눈을 감고 돌아눕던
아버지의 뒷모습은 쓸쓸했지만 편안해 보였다
30년이 흐른 지금, 식탁 위에 놓인 막걸리 한 병
이제는 내가 마신다
마주할 빈 잔도 없이 가득 들어찬 막걸리를
혼자 마신다

시를 읽는 사람

가느다랗게 뜬 눈동자로 지면을 가득 채운 시를 읽는 모습을 바
라본다
나지막한 음성으로 읊조리는 시 한 구절, 한 구절에 귀를 기울
이며
찬찬히 그 모습을 바라본다

동그랗게 뜬 눈동자 너머
찬찬히 시를 읽고 있는 얼굴에 열기가
가득 차 있다
소리를 따라 움직이는 눈빛
햇살 가득 스며든 창가의 유리알처럼 반짝인다

시를 읊조리던 음성이 점점 사그라들더니
가느다란 눈동자는 천천히 고개를 들어 나를 바라본다
벌써 깜깜한 밤이 찾아왔는가
초승달 두 개가 나란히 누웠다
나를 본 그대가 환하게 웃는다

시를 읊조리며
나를 향해
여덟 살짜리 아이처럼 환하게 웃는다
그 이의 눈 속에 눈부처 두 분이 떠올랐다

제3부

깊은 밤에 쓰는 편지

설거지를 하다가

혼자 먹는 저녁을 준비한다

백자 그릇을 꺼내 나물을 담고
김치를 담고 생선조림을 올린다

천천히 식사를 하는 동안,
누군가 창문을 두드린다

식사를 마치고
그릇을 하나둘 닦는 동안
일상의 감정들이 끌려 나온다

누군가의 분풀이에
의도치 않은 말 한마디에
온통 멍투성이가 된 누군가의
상처도 끌려 나온다

그릇에 묻은 흔적들을 씻겨내듯
멍 자국을 씻는다

퐁퐁,
사랑으로 따뜻하고 온화하게
씻어낸다

오늘 하루의 일상이 저물고 있다

내일 아침, 식탁에는
다시 하루치의 기대와 설렘도 차려질 것이다

그대를 천천히 알아갔으면 좋겠습니다

그대를 천천히 알아갔으면 좋겠습니다
따스하게 내리쬐는 봄날 창가의 햇살처럼
그윽한 한잔의 커피를 마시는 것처럼
그대를 음미하고 싶습니다

그대를 천천히 알아갔으면 좋겠습니다
바람에 흔들이며 떨어지는 가을날의 낙엽처럼
겹겹이 쌓인 수북한 그리움으로 그대 곁에 머물고 싶습니다

기쁘지도 않고, 슬프지도 않고
아무 일 없었던 무의미한 시간의 끝에서
그대를 만났습니다

그대를 알게 된 순간부터
다시 살아나는 나의 시간들을 기억합니다
이제부터 더 많이
그대를 천천히 알아갔으면 좋겠습니다

기다림

굽은 허리 아래 오래 들여다보는 눈동자가 깊다
땅속까지 볼 기세로 걸음마다 눈빛은 흔들림이 없다

한 번도 마주친 적 없는 눈빛이다
그 시선 끝엔 어떤 아름다움이 머물러 있을까
눈빛 따라 떨궈진 시선이
땅에 닿기도 전에
마주친 사람들의 발걸음이 분주하다
그 발끝엔 무엇이 있을까

온전히 한 곳만 응시하는 눈빛
무엇을 생각하는 걸까
이미 곁에 없는 발걸음에
아직도 미련이 남은 걸까
되돌아올지 모를 발끝을 오랫동안 응시한다

누군가를 기다려 본 사람은 안다
기다리는 동안 행복하다는 것을,
멀리서 들려오는 발걸음에 그의 눈빛도
아름답게 출렁이고 있으리란 것을

깊은 밤에 쓰는 편지

홀로 된 엄마가
늦은 밤 돋보기를 친구 삼아
다시금 찾아온 사랑에게 편지를 쓴다

다부지게 깨문 입술
한참을 쓰다 바라보고 다시 쓰기를 반복
어떤 사연인지 한참 노트를 바라보다
긴 한숨 살며시 풀어 놓는다

쉽사리 편지를 써 내려가지 못하고 망설이는 모습
세월의 경험으로도 익숙해지거나 노련해질 수 없는 설레임
깊어진 눈가의 주름 곁에 똘망한 눈동자가
깜깜한 밤하늘 별빛 같다

노년에 찾아온 설레는 사랑
잠 못 이룰 만큼 사랑하는 맘 쉽게 보이지 못하고
가슴의 사연을 써 내려가네

'엄마'라는 이름 속에 갇혀 있던 긴 세월
환갑이 되고 나서야 내면의 소녀를 만나 깊은 밤
편지를 쓴다 사랑하는 그대에게

바람만 불었다

우연히
비슷한 뒷모습
가슴이 떨려

차마
달려가
불러보지 못하고

무심한 듯 앞으로 지나쳐
아무렇지 않은 듯 뒤돌았는데

텅 빈 거리
바람만 불었다

내 그림자

이유가 기억나지 않습니다
오직 나만 잰걸음으로 그를 찾아 헤매고 있습니다
거리는 신나는 영화를 볼 때처럼 모두 웃고 있습니다
마주 앉아 신나게 이야기를 합니다
함께 식사하는 동안 함박웃음을 지으며
어두운 밤을 환하게 밝히고 있습니다

한 가지 분명한 것은, 나도 그 곁에 있었습니다
그러다 어느 한순간 흔적도 없이 사라져버렸습니다
다행히 길 끝에 걸려있는 그를 발견하고 달려갔지만
이내 사라지고 말았습니다
분명히 두 손을 꼭 잡고 있었는데 어찌 된 일일까요
기척도 없이 모든 것이 사라졌습니다
무슨 일로 떠났을까요

기억 속에서조차 희미해질 때쯤
홀연히 다시 나타났습니다
아무 일도 없었다는 듯이
언제 그랬냐는 듯이 곁에 와 누웠습니다

"지난번엔 그게 최선이었어
내가 원하기만 하면 모두 가질 수 있을 줄 알았어
말 못 하고 떠난 건 미안해
금방 돌아올 수 있을 거라 생각했는데
뜻대로 되지 않았어."

그는 어느덧 흰머리에 쇠약해진 몸으로
내게 기댄 채 눈을 감고 있습니다
이제는 떠나지 않을 건가요
아무 말 없이 그를 안고 그 숨결을 느낍니다
그리고 나지막이 속삭입니다
나는 아무렇지 않다고,

관계

같은 시간에 있고
같은 공간에 있고
같은 사물을 바라보며
같은 맘으로 이야기하고
고개를 끄덕이며 공감했습니다

그런 줄 알았습니다
내 맘을 이해하는구나 생각했습니다
그러나 그대와 내가 바라본 것은
결코 같지 않은 것이었음을

시선 속에만 머물던 단면의 진실을 알아차렸습니다
결코 같지 않았음을 알았습니다
기억을 버리며 걷던 길 끝에서 만난 하늘

같았다고 생각했던 너와의 시간보다
우연히 만난 길 위의 하늘만이 한결같았습니다

동행

숨을 바라보세요
보이나요?
지금 내가 여기 머물고 있습니다

숨이 나를 바라봅니다
그리고 빛을 초대합니다
눈을 감았지만 환하게 들어찬 가슴 한가운데
온전한 그대가 보입니다

빛과 함께 춤을 춥니다
흘러내린 미간의 땀방울이 바람을 초대합니다
있는 듯 없는 듯 살랑거리며 어깨를 타고 올라가
그대의 머리칼을 어루만집니다
길게 내뱉은 숨결 속에 바람도 함께 춤을 춥니다

마음을 정돈하는 것은 그리 어렵지 않습니다
별것 없던 평범한 하루, 곁에 와 머물고 있던 빛과
바람 덕분에 살아 있는 이 순간,
온전한 숨결을 다해 그대와 내가 동행합니다

그림자 연인

조용히 좀 할래?
누구랑 자꾸 말을 하는 거야
여긴 어디지?

바닷가 카페에 앉아
밀려오는 파도를 향해
연민의 눈빛을 보내는 동안

너는 나긋한 목소리
커다란 눈동자
부드러운 손길로
내 곁에 머문다
이제 더 이상 부러울 게 없다

들리는가
보이는가
나를 잡아 봐
아무리 소리쳐도
먼 파도는 잦아들지 않고
무심한 고개를 떨군다

여기야, 여기
곁에 있어도
보이지 않고
잡히지 않고
들리지 않는 수수께끼 같은

너는 여전히 신비로운
나의 분신이다

눈부신 한강에서

윤슬 쏟아지는 어느 겨울날 오후,
나는 한강철교 위를 달리는 전철
손잡이에 매달려 집으로 간다
바람 소린지 물결 소린지
스쳐가는 소음들 사이,
햇살이 쏟아지는 강물 위를
넋을 놓고 바라보았다

넓은 창 너머로 부드럽게 반짝이며
반사되는 그 몸짓을
제대로 쳐다보지도 못하고 손바닥으로 빛을 가렸다
갑자기 얼굴이 뜨거워지고
가슴에 별 하나가 돋아났다

혹시 그대인가
살며시 떠 보는 눈빛 너머 순한
그리움을 담아 보지만
눈 부신 햇살에 빛나던 물결은 어느새
장막 너머로 멀어지고

영원할 듯 따뜻하게 잡아 주던 그대의 손길은
기억 속으로 멀어져 갔다
한강철교를 달리던 전철이 용산역에 도착하고
열렬했던 너와 나의 사랑도 종착역에 도착했다

그리고 누군가는 그곳에서
새로운 사랑을 가슴에 품고
저 한강철교를 건널 것이다

눈 덮인 거리

고요히 잠들었구나
늘 깨어있느라 고단했을 텐데
잠깐 멈춰 있어도
괜찮아

오랜만에 목화 꽃송이로
이불 덮고 누운 네 모습
사랑스럽구나

발길 닿는 순간마다
진저리치며 깨어나는
너는
새하얀 숨 몰아쉬며
눈을 감아도 좋으련만,

술 취한 밤

아마 막걸리 한 병은 마셨을 것이다
코스모스 연분홍 꽃빛 닮은 볼이
수줍은 소녀처럼 상기되어 바람에 휘청거렸다

모처럼 문우들과 함께한 뒤풀이 자리에서
낯설었던 사람들과 웃음을 나누며
기적처럼 친구가 되었다

막걸리 한 병에 발끝까지 붉게 물들어 걷는 밤거리는
세상이 온통 휘청거려 보였다

속절없이 웃음이 나고
가슴엔 뜻 모를 용기가 솟아났다

낯선 듯 익숙해져가는 풍경들 사이를 홀로 걸으며
휘청거리는 발자국마다
노래가 흘러나왔다

야심한 밤거리의 네온사인도
저 혼자 미쳐서 춤을 추며 따라왔다
세상은 온통 우윳빛깔이었다

설악산 별빛

1월 1일 새벽 2시 30분
깊은 밤을 가로지르며 설악산에 도착했다
칼바람이 얼굴을 매섭게 쓸고 지나갔다
휘영청 달빛은 겨울나무를 흔들고
내 그림자를 감싸 안았다
밤새 공룡능선을 넘어왔지만 두려움은 없다

지금까지 내가 걸어온 길에 비하면
백만 분의 일도 안되는 등산길은
무모하고 정처 없었지만
아무도 오지 않는
적막 속에서 고요히 너만 바라보았다

아! 하고 울리는 탄성,
깊어가는 어둠 속에 너만 들여놓고
오래오래 보고 싶었다
발걸음마다 따라오는 너의 발자국 소리에
숨이 멎는 새벽녘

그동안 내가 그리워했던 것들은 모두
너무 가깝게 있었나 보다
별을 데려온 달빛에 내 마음을 보냈더니
새벽은 온통 찬란한 물빛을 얼리고 말았다

내 영혼은 이미 너를 따라가고 있었다

봄이 오는 이유

오랜만에 너를 만나
진한 커피 한 잔을 사이에 두고
커피보다 네 웃음소리에 취했다

저마다 스쳐 지나가는 사람들 사이
유난히 코끝에 남은 너는
봄날 새로 돋아난 개나리꽃처럼
환하고 눈부시게 내게 쏟아졌다

햇살 쏟아지는 한나절을 너와 함께 보내고 돌아와
홀로 남은 나만의 공간
두 손으로 얼굴을 감싸안으며 오후의 기억을 꺼낸다
더욱 생생해지는 너의 얼굴, 너의 향기로
방안이 가득 차오른다

얼굴을 마주하며 생각을 나누고
내 코끝에 너의 향기가 닿고
내 손을 감싸 쥐던 네 손 안에 가득 배이던
나의 무늬가 빗물처럼 스며든다

너와 나, 온전히 스며든 시간만큼
봄은 또 그렇게 가까이 와서
연분홍 미소를 수줍게 내민다

에스컬레이터

새벽 6시, 아직은 어두운 2월의 새벽길을 나선다
어디선가 들려오는 슬픈 울음소리 너머로
황량한 도시의 뒷골목을 돌아 나오는
스산한 바람이 밀려온다
저 소리 너머엔 누가 숨 쉬고 있을까

찌-이익 찌이익
햇살을 반기던 직박구리의 군무는 사라지고
보이지 않는 생의 끝
묵직하게 내려앉은
그들을 엎고 끝을 향해 끝도 없이 내려간다

두렵고 슬프고 외롭지만
어두운 새벽의 끝은 아침이기에
다다르지 않은 끝은 누구도 볼 수 없기에
내려앉았어도 날개는 언제든 하늘을 날 수 있기에
자동으로 움직이는 날개 위에 내가 서 있다

퇴근길

바람의 발걸음을 맞추며 걸었다
함께 걷고 있지만
허전한 마음이 자꾸 드는 건
누군가 차가운 가슴속으로 파고들어 와
노을빛으로 따라오기 때문이다

아직 내 가슴에 봄이 당도하지 않은 건지
멀리서 오던 꽃향기도 묻히고
발밑을 간지럽히던 씨앗의 반란도
보이지 않는다

눈부시게 충만하던 햇살은
이미 곁에 와 있는데
바람의 흔적만
걸음마다 그리운 발자국 남기며
그림자 꽃을 피우고 있다

이 길의 끝에
그대가 마중 나와 있었으면 좋겠다

볏짚

저기 논두렁에 집 한 채 덩그러니 놓여 있다
마음이 닿지 않은 지푸라기들 겹겹이 쌓여 있다

수없이 스쳐 지나간 많고 많은 마음들은
그 어디에도 닿지 못하고
허전한 발걸음만 이삭처럼 눕고 있다

황량하기만 한 그곳에 그대의 그림자가 보인다
투박한 손이 내게 닿는 순간
체온이 상승한다
숨결이 깃든 손끝에서 단단한 그리움이 밀려온다

지나치던 시선이 가슴 한가운데 머물기 시작하고
온몸이 뜨거워진다
서로 얽히고설킨 눈빛이 빛을 모은다

혼자서는 닿을 수 없는 그곳이
그대의 손길로 길이 열리고
그대의 손길로 인연이 시작된다

달의 발자국

아는 사이

생각의 절벽에 너를 데려다 놓았다

허공 속에 질문을 퍼붓는다
저녁밥은 먹었어?
오늘은 뭐 해?
바람이 선선한데 같이 걸을까?
집 앞으로 갈까?

그래,
괜찮아
그냥 웃기만 하는 그대

오늘도 대답은 '그래, 괜찮아.'
환하게 웃는 그대가 좋아서 더 많이 웃고
목소리를 늘으려고 선화도
시답지 않은 농담을 하다가
어떤 날은 밑도 끝도 없이 보고 싶어
밥이라도 먹자고 했는데
한결같이 '그래'라는 대답이 돌아왔다

어쩌면 그대는 내게
사랑해라는 말 대신 '그래, 괜찮아.'라고 하는 걸까

오늘도 난 그대의 사랑 안에서 묻는다
"같이 밥 먹을까?"
그러면 그대는 또 웃기만 할까?
어쩌면 우리는 그냥 아는 사이인 걸까?

상동역 87번 버스

하루의 귀가를 서두르는 밤 9시
초점 잃은 눈동자들이
차창 밖의 불빛들을 따라 나른해질 때쯤
87번 버스를 탄다

버스에 오르자마자 "안녕하세요~!"
반가운 목소리로 인사를 건네는 기사님,
내릴 때도 "행복한 저녁 되세요."
맨 뒷좌석까지 들리도록 큰 소리로 작별 인사를 한다
기사님 얼굴이 궁금해 고개를 이리저리 돌려봤지만
결국 실패하고 정류장에 내려서 운전석을 바라보며
나도 모르게 고개를 숙였다
늦은 시간까지 퇴근도 못 한 기사님은
하루 종일 수백 명의 손님들을 만났을 텐데
시진 기색조차 없다

한 사람도 지나치지 않고 인사를 건네는 모습을 바라보며
나는 내 일을 하면서 고객들에게
얼마나 진심을 다했는지,
오늘 다녀가신 분들은 모두 행복했는지 돌아보게 되었다

집으로 돌아오는 길,
잠시 눈을 들어 밤하늘을 바라보았다
기사님의 미소를 닮은 상현달이 나를 따라오고
공연히 콧방울이 시큰해졌다

마음의 통로

오늘 아침에도 나는 문을 닫고 나왔다
퇴근을 할 때도 문을 닫고 나왔고
지하철을 타고 올 때도
내가 내리자 문은 닫혔다

세상의 문은 여기저기 널려 있다
어떤 때는 그 문 안에 마음을 놓고 내린 적도 있었다
그리고 어떤 때는 서로 다른 두 개의 문이
내 앞에 나타나 나를 유혹하기도 한다

그러다가 한순간 문이 열리면
돌아올 수 없는 문 안으로
들어가기도 한다

지금 내 앞에는
그대에게로 가는 문 하나가 열려 있다
갤러리에 전시되어 있는 그림처럼
문이 나를 응시하고 있다

문이 닫히는 순간,
나는 세상의 낯설음과 마주한다

끝이 없을 것 같았던 산책길에서
마주 잡았던 손을 놓아 버리던 날,
서로의 마음속을 산책하려고 열어 두었던 문을
닫았던 것처럼,
막다른 골목에 서 있던 문은
끝이 보이지 않았다

마치, 원래 그 자리에 아무것도 없었던 것처럼

달의 발자국

퇴근길,
발자국마다 달이 켜졌다

고단했던 하루 일을 정리하고
무거운 발걸음을 옮기며
홀로 퇴근하는 길
홀로 떠 있던 달
저도 외로웠을까
집 앞까지 따라왔다

집으로 돌아가라고 등을 떠밀어도
한사코 따라왔다
그래, 같이 가자

너도 외롭고
나도 외로운 길,

나만 바라보며
함께 걷는 길

네 발자국이 닿을 때마다
달이 켜졌다

지평선에서 아침을

지평선이 덜그덕거리는 소리에 저절로 눈이 떠졌다
반쯤 닫힌 미닫이문 사이로 습한 공기가
밀려 들어왔다

적당히 어둡고 여유로운 미명 전,
자석에 이끌리듯 문틈으로 빠져나가려는 순간
화들짝 놀라고 말았다

넌 누구냐?
수탉이 요란하게 울어 대고
매일 들리던 낯익은 소리가 없다
낯선 공기가 온몸을 휘감았다

집집마다
똑같이 생긴 개 한 마리가 문 앞에 잠들어 있고
수탉의 요란한 질문에 대꾸도 못 한 채
끝이 보이지 않는 지평선을 향해 걸었다

어느덧 붉게 물든 발톱들이 따라와
눈시울을 붉혔다

홀로 선 나무

나는 늘 같은 자리에 있었다
사람들이 지나갈 때마다 눈이 마주치지만
그저 스쳐 지나갈 뿐이다

낙엽을 바라보던 그녀가 말을 걸어왔다
'추워요?'

- 작은 바람에도 흔들리며
  심하게 추위를 타는 것 같지만 건강합니다
  나뭇가지 위에 까치가 앉아도 다만 휘청거릴 뿐이지요
  찬바람이 온몸을 휘감았다가 흔적도 없이 떠나갑니다
  바람마저 빠져나간 자리, 텅 빈 공허만 남았습니다

'홀가분해요?'

- 연둣빛으로 태어난 작은 나뭇잎이 있었습니다
  바람과 친하게 지내며 스르륵 정겨운 웃음소리를 내고
  햇빛에 온몸을 바쳐 사람들에게 쉴 곳을 만들어주었습니다
  세상을 행복하게 바라보며 신나게 웃던 좋은 친구였지요
  느지막한 저녁, 어떤 시선도 머무르지 않는 시간
  바람의 작은 손길에 힘없이 툭,
  떨어지는 낙엽이 되었습니다
  떠날 것을 알고 있었지만 안타까울 뿐입니다
  준비했던 이별도 아프지만 조금씩 홀가분해지고 있습니다

나뭇잎을 사랑하고 떠나보내야 할 때를 알고 있는 나무처럼
헤어져야 하는 운명인 걸 알고 있지만 이 순간은 영원할 것만 같다

고통이 없으면 행복한 순간도 깨닫지 못한다
눈물이 없으면 웃음이 고마운지 모른다

사람들은 누구나 상처를 안고 살아간다
천 년을 움직이지 않고 홀로 서 있는
나무도 있다

그저 눈을 감았을 뿐인데

내 안의 소리가 보인다
주변의 소리도 보인다
사물의 움직임도 보이기 시작했다

옆 사람이 움직일 때마다 떨리는 미세한 숨,
마른기침을 따라 횡격막이 춤을 추고,
하품을 할 때마다 미세한 공기의 흐름이 달라지고
이어폰 너머로 움직이는 파동이 느껴진다

눈으로 본 세상은 한 장의 사진이다
귀로 본 세상은 하늘을 가로질러 날아오르는
새 한 마리의 우주다

검게 그을린 세상 속 불안은
새로운 세상을 만나는 경이로움이라고 해 두자

가만히 눈을 감고
흔들리지 않는 내 안의 소리에 귀 기울여 보자

흔적 혹은 기억

녹초가 된 퇴근 무렵,
플라타너스 텅 빈 가지를 바라보다
긴 한숨을 풀어 놓았다

단순한 선의를, 사랑인 줄 착각하고
한 남자에게 고백했던 곳
혼자 울고 있을 때 조용히 다가와
눈물을 닦아주던 언니와 해넘이를 보던 곳
숨소리만 들어도 설레던 연인과 밤새 통화를 하던 곳
아빠의 간암 말기 소식을 들었던 곳
살면서 한 번쯤 숨을 크게 쉬고 싶을 때 무작정 찾아가는 곳

모든 것은 변했다
곁에 있던 사람들은 노을 속에 있다
하는 일은 여전히 마음먹은 대로 되지 않지만
여기 오면 숨을 쉴 수 있다
가슴속에 모닥불이 타오른다
혼자만의 욕심과 후회와 낭만을
기억하는 오래된 옥상,

순대국밥

고등학교 졸업을 하자마자 독립을 했다
간섭이 없고 잔소리가 사라졌다
그만큼 돈도 궁해졌다
엄마의 손길도 그리워졌다
배가 고프고 고기가 먹고 싶었던 스무 살 시절
빈곤한 주머니 사정에 고깃집 문턱을 넘는 일은 쉽지 않았다
천 원짜리 몇 장을 쥐고 순대국밥집으로 갔다
뽀얀 국물에 순대, 간, 염통, 머릿고기가 가득 담겨 있었다
고기 구워 먹듯 건더기를 다 건져 먹고 밥을 말아 먹었다

거리에서 하늘로 치솟는 수증기 속을 지날 때면
엄마의 손끝이 머릿결을 쓰다듬는 기분이 든다
추억에 이끌려 발길 닿은 순대국밥집에서
뚝배기 한가득 담겨나온 머릿고기를 단숨에 해치운다

이젠 언제든 순댓국을 사 먹을 수 있는 능력이 되었지만
바쁜 일상 속에서 잊고 지내는 날이 많다
닳고 닳아 사라져가는 감정 속에서
사무치고 먹고 싶었던 순간마저도 점점 사라져 간다
오늘은 그리움 반찬 삼아 배부르게
순대국밥 한 그릇 뚝딱 해치우고 바라본 하늘
달빛 속에서 엄마가 나를 보며 환하게 미소 짓고 있다

산책

몸을 일으켜 세웠다
천근 같은 발끝을 끌어올려 걸었다
걷고 또 걸었다

바람에 머릿결이 날린다
굴포천을 지나가는 물소리를 따라
꽃가루가 날아가는 방향으로
새들도 날아갔다

한 걸음씩 내디딜 때마다
어제가 끌려왔다

바람이 멈추는 순간,
나도 그 자리에 숨을 죽였다
길이 끝나 있었다

협재 해변에서

협재 해변에서 수평선을 바라보다
문득 당신 모습이 떠올랐다
며칠 동안 아무 소식도 전하지 못했다
내 마음은 여전한데,
제주 바다처럼 선명한데,
나는 자꾸 그 사실을 잊어버린다

언제부터였나
전화조차 하지 않는 날들이 잦아졌다
사랑하지 않아서 그런 것은 아니다
애써 첫 마음이 사라져서 그런 것이라고
스스로에게 변명을 해본다
그러나 그건 진실이 아니다

삼십 년을 함께 살아낸 부부저럼,
비바람에도 한결같은 소나무처럼,
어디서 불어와 어디로 사라지는지 알 수 없는
그리움을 설명할 수 없다
이 모든 비유는 결국 서툰 고백일 뿐이었다

까마득한 수평선을 바라보며 나는
내 안의 당신을 불러보았다
멀리서도 사라지지 않는 믿음처럼,
늘 그 자리에 머물러 있던 당신은
언제나 나지막이 나를 부르고 있었다

제자리에 서서 서로의 기억을 놓지 않은 채
끝없이 밀려오는 파도 소리를 들으며
사랑한다고,
사랑했다고,
모래 위에 그 이름만 끝없이 썼다 지운다

제주 바람

너에 대한 걱정과 염려를
멋진 미래를 위한 당부라 포장했다
너를 마주한 날은 미간을 찌푸리며
한숨만 내쉬었다
가슴은 사랑이라 말했지만,
입은 정답만 요구했다

사랑이라는 이름은 엄마로 바뀌었고
엄마라는 이름은 구속으로 변했다
나는 너를 내 안에 묶어두려 했다

네가 태어난 날,
웃음만으로도 행복했었다
첫발을 떼던 순간,
나는 구름 위로 날아올랐다

졸라맨을 그려도 웃는 얼굴을 그리던 너
태권도를 배워도 주먹질하지 않던 너
친구와 지내는 것을 더 소중히 여기던 너
그 모든 순간에 감사했다

그러나 시간이 더해지면서
너는 학생, 아들, 손자, 조카의 역할을 입었다
나는 그 위에 기대와 희망을 덧칠하며
너를 더 단단히 붙잡으려 했다

내 품에 꼭 안겼던 너는
이제 내가 안겨도 될 만큼 자라났다
그럼에도 나는 아직도
네가 내 손 안에 있다고 믿었다

사랑의 반대말은 미움이 아니었다
두려움이었다
네가 좋은 사람이 되지 않으면
비난받을까 두려웠고,
불성실하다 손가락질 받을까 두려웠다
그래서 나는 너를 바라보면서도
타인의 눈으로 판단했다

밥만 먹어도, 걷기만 해도 기특하던 너
대학교를 꼭 졸업해야 하냐 묻던 너
밤낮을 바꿔 사는 너
"맘-엄"이라 부르던 너도,
"어무이, 대장"이라 부르는 너도
모두 너였다
내가 사랑했으며, 지금도 사랑하고,
앞으로도 사랑할 너였다

제주 바람이 내 몸을 관통한다
너도 언젠가 나를 지나
멀리 날아가겠지
부디 폭풍이 아니라,
살랑이는 산들바람처럼,
내 곁에 머물다
천천히 떠나가기를 바란다

밤의 위로

밤을 즐기려고 마실 나가는 길
현관문을 열고 한 발짝 내디디자
차가운 바람이 나를 안았다

가로등도 졸고 있는 자정 무렵,
잔잔한 바람에도 흔들리는 나뭇잎이
머리 위로 흩날리며
내 마음을 어루만져 주었다

번잡했던 한낮의 기억을 떠올리며 골목을 걷는다
걸을수록 깊어지는 어둠의 끝에서
담담히 번져오는 회색빛 여명이
잔잔한 위로를 건넨다
마음은 한적하게 맑아지고
가을은 조용히 나를 안았다

메니에르

언젠가부터 길을 걷다 보면
술 취한 사람처럼 갈지자로 걷는다
귓속에는 방송 시간이 끝난 TV 화면이
삐~~~~~ 소리를 내며 멈춰 있었다

머리는 무거워서 고개를 들 수 없었다
난데없는 파도가 밀려와 가까스로 버티다가
주저앉고 말았다
먹은 것도 없는데 헛구역질에 온몸을 들썩였다

의사가 현대인에게 걸리는 완치가 없는
메니에르라고 했다
과로하면 안 되고
육체적으로 피곤해서도 안 되고
스트레스도 받으면 안 된다고 했다

먹고 살아야 하는데
아무것도 하지 말라니 기가 막혔다
비틀거림의 끝에서 알게 되었다
평생 내 안의 균형을 맞춰준 건
작은 자존심 하나였다는 것을,
그동안 얼마나 나를 놓치고 살아왔는지
영등포 로터리 한가운데 서서 먼 하늘만 바라보았다

거울 속 미소

입을 열 때마다 웃었다
슬플 때도, 힘들 때도,
아무 일 없을 때도 웃었다

매일 허허실실 웃는
거울 속에 비친 나를 바라보았다

마음속으로는 언제나 웃고 싶었다
달빛 닮은 고운 미소를 짓고 싶었다
어둠 속에서도 사라지지 않는 빛으로
환하게 빛나고 싶었다

그러나 삶은 녹록지 않았고
시련은 평생을 따라왔다
그래도 웃음은 포기하지 않았다

거울 속에 있는 누군가
나를 지켜보고 있었기에,

순두부찌개를 끓이며

베란다 창틀에 귤빛이 걸렸다
온 우주가 집으로 향하는 저녁 여섯 시
순두부찌개가 보글보글 끓고 있었다

허기지지 않았기에
해넘이를 보러 밖으로 나왔다
집을 향하는 사람들 사이를 걸으며
오늘 저녁은 순두부찌개라 중얼거렸다
차려둔 밥상만으로 마음이 든든했다

비가 그치고 차가워진 공기 속,
공원 벤치에 앉아 고개를 들어 해를 찾았다
붉은 구름 사이, 해는 이미 사라지고 없었다

굳이 해넘이를 보러 나온 까닭은 무엇일까
기다려야 할 사람도 없고
기다려 주는 사람도 없어서일까
허기를 채워도 채워지지 않는
공허함 때문이었을까

일상이란
보고 싶은 것을 보고
먹고 싶은 것을 먹으며 사는 것
마음이 향하는 곳으로
발길이 닿는 곳으로 걸으면 그뿐이었다

순두부찌개가 맛있었으면 좋겠다
해넘이가 아름다웠으면 좋겠다
두 다리로 오래 걸을 수 있으면 좋겠다

만약 나를 기다리는 이가 없다면
내가 보고 싶은 이를 찾아가면 된다
그뿐이다

젊은 아버지를 생각하다

우리는 몸 안에 갇혀 있지 않아
하늘을 날아 바다도 건너고
너도 만나고 아빠도 만날 수 있어
문우들과 이야기할 때면 아빠 생각이 자연스럽게 떠오른다

막걸리 사발에 사이다를 따랐다
기포가 뽀글뽀글 올라온다
추억이 하나둘씩 떠오른다
아빠의 얼굴이 보였다 사라진다

아빠와 또래인 문우님이 어린 날의 추억을 말했다
찔레꽃 순과 밀을 꺾어 먹으며 허기를 달랬다는데
동네 개울에서 멱을 감고 감자를 구워 먹었다는데
흔날 생각보다 배고픔이 사라지는 행복에
그저 웃기만 했던 그 시절 해맑음이 진부었다고 하는데

내 기억의 틈을 지켜보며
아빠는 어떤 모습이었을까 상상해 본다
머리카락 희끗한 노년의 모습 속에 떠오른 아빠는
47살 아직은 젊은 청년이다

설악산 별빛의 이름으로
자신의 이름에 별빛을 채워간다

- 김남권(시인, 계간 『시와징후』 발행인) -

설악산 별빛의 이름으로
자신의 이름에 별빛을 채워간다

— 최별하 첫 시집 『오후의 잠』을 읽고

김남권(시인, 계간 『시와징후』 발행인)

　문학은 인간의 의식 속에 잠재해 있는 인문학적 사상이자, 사람에 대한 의리다. 삶 이전의 기억들을 소환하고, 삶 이후의 경험들을 후천적 감각으로 그려내는 사상의 한 뿌리이다. 그리고 그 시대를 함께 살아가는 사람들에 대한 현실적 고백이다. 그 사상의 뿌리에 상상과 비유를 함축적으로 상징화하고 그 상징의 현상을 이미지로 나타내는 것이 시의 본질이다. 최별하의 시는 이런 상징적 원류를 거스르지 않고 솔직한 진술과 자신만의 사유로 형상화하고 있다. 살아오는 동안 끊임없이 자신의 존재 이유에 대해 고민하고 성찰하고, 나침반 위에서 이정표를 찾아가듯 산으로 바다로 공중으로 방황

한 시간들은 아직 해답을 못 찾고 있다. 그러나 시를 필사하고 시를 생각하고 시를 쓰는 동안 차츰 그 물음에 대한 화두는 선명해지고 있다. 시란 결국 자신의 내면을 투시하고 자신의 모습을 밖으로 드러내는 것이기 때문이다. 최별하의 시가 자신의 삶을 연두색에서 코발트색으로, 다시 주황색으로 물들여 가는 계절처럼 익어가고 있다는 사실이 이를 증명해 준다. 비구름은 언제나 서쪽에서 시작되어 동쪽으로 이동한다. 사람의 마음도 오른쪽에서 시작해서 왼쪽으로 이동한다. 그래서 처음엔 무덤덤하다가도 한번 사랑에 빠지면 심장부터 크게 두근거리고 온몸에 전율이 생기는 것이다. 최별하의 시가 그런 덤덤함에서 어느 순간 왈칵 눈물이 솟게 하는 잔잔한 감동을 주는 이유도 그러하다.

책 속의 문장들이 춤을 춘다

소란스런 풍경 사이로 별빛이 스며든다

문장 위로 후두둑 떨어지는 시선,

빗자루질하듯 손바닥을 휘젓는다

눈동자에 비친 붉은 하늘을 가로질러

기차가 한강철교를 건넌다

흔들리는 문장 사이로 불쑥 내민

그대의 미소가 들어온다

우주 속에 단둘이 남은 고요한 시간

시간은 길고 지루한 어둠을 끌고 가느라 분주하고

전철은 노을 속으로 들어갔다

문장을 읽어가던 눈동자가 초점을 잃었다

낯설게 웃는 듯 마는 듯

희미하던 그 사람 그림자도 사라졌다

끝인지 시작인지 모를

어둠이 밀려오고 있었다

- 오후의 잠 [전문]

노을은 내가 살아온 날짜만큼 보았을 것이다. 때로는 비 구름 때문에 못 보고 때로는 다른 일에 정신이 팔려서 하늘 한번 쳐다볼 시간조차 없었지만, 노을은 늘 그 자리에서 저 물고 있었다. 그러다가 전철을 타고 한강철교를 건너가며 바 라본 노을에 추억이 소환되고 보고 싶은 사람이 떠오르고, 사랑하는 사람이 그리워진다. 그 순간 바라본 노을 속의 해 는 그리움이고 인연이고 사랑이고 서러움이고 죽음이고 희망이다. 그 짧은 시간에 온 우주가 딸려 나오고 자신의 전 생애가 요동친다. 그러나 그 노을도 잠 속으로 저물고 나면 다시 여명이 시작되고, 누군가는 죽고, 누군가는 또 태어난다. 사랑의 온도도 새롭게 시작된다. 그리하여 노을은 위로와 치유의 순간이며 감정의 패러독스이다.

휴일 오후, 조용한 집안에
도마를 다지는 칼춤 소리가 들려왔다
이불을 뒤집어썼다

얼마나 지났을까
햇살이 쏟아지는 소리에 눈을 떴다
식탁 위에 놓인 수제비 한 그릇

올 것이 왔다
'엄마 어렸을 적에 매일 먹었어. 지긋지긋해.'
'그런데 왜 했어?'
'그냥 먹고 싶어서.'
애증이 가득한 수제비 그릇을 한참 바라보다가
'우리 엄마는 오빠들한테만 쌀밥 주고 나랑 언니한테는 수제
비만 줬어.'

'아들한테 제대로 대접도 못 받고 갈 거면 잘 좀 해주다 가지.'

찬바람이 훅 끼친다
새벽녘 산을 타고 내려오는 안개처럼 그리움이 밀려온다
할머니가 돌아가신 지 20년도 넘었지만
딸은 아직도 엄마가 그립다
식탁 위에 수제비 한 그릇 미운 엄마처럼 누워 있다

- 수제비 엄마 [전문]

'엄마도 엄마가 그립다'는 말은 진리다. 모처럼 쉬고 있는 휴일 아침, 엄마가 해주는 수제비를 먹다가 엄마의 엄마에 대해 생각한다. 그리고 엄마가 된 지 이미 이십 년도 더 지난 자신의 모습을 발견한다. 어린 시절에 지겹도록 먹었던 음식을 나이가 들어가는 동안 쳐다도 보기 싫다가 어느 순간, 그 음식 앞에만 서면 과거의 기억들이 떠오르고, 누군가가 생각나고, 또 어느 순간이 되면 그 음식점을 찾아다니며 먹기도 하고 자식 새끼에게 그 음식을 만들어주기도 한다. 시적 화자가 먹어야 했던 수제비는 두말할 필요 없는 엄마의 상징이자 할머니에서 딸로 이어지는 핏줄의 숭고한 기억이다.

글쓰기 수업 끝나고 막걸리 한 잔

마시라고 했더니 꼴랑 세 잔

세 병 마신 것처럼 얼굴이 붉어져 걷던 인현시장 길,

길거리 연인들 사랑놀음에 홀려

한눈팔고 걷다가 절뚝, 발을 접질렸다

바닥에 풀썩 주저앉아 눈만 껌뻑껌뻑거리다가

아무렇지도 않은 듯 벌떡 일어나 한 발짝 내디딘다

턱까지 차오른 숨,

멀쩡한 도로에서 넘어질 줄 몰랐을 것이다

한눈팔다 보면 멀쩡한 길에서도

언제든지 무릎이 깨질 수 있다는 걸,

숨을 쉬려면 숨구멍을 만들어 놔야 하는 것처럼

앞일을 내다보는 지혜를 가지려면

先見之明이 있어야 한다는데

내 앞에서 설치는 똥개들은

앞서가는 개새끼들 뿐이다

나만 바르게 살면 된다고 누가 뭐래도

일편단심으로 살아왔건만

　　그동안 내 등골 빼먹은 놈들

　　버젓이 금뺏지를 달고

　　주인을 향해 칼을 휘두른다

　　오늘은 시원한 막걸리 한잔에 하루의 갈증이 풀렸다

　　빈대떡집 티비 화면 속에서 잘난 척하는

　　똥개를 바라보다가 나도 모르게 한마디 했다

　　'캬~~~, 역시 선犬지명이 있으십니다.'

　　화면 속의 똥개, 뭐가 좋은지 계속 웃고 있다

- 꼴랑 세 잔 [전문]

　막걸리 세 잔을 마시고 집으로 가다가 발을 접질린 사실을 멀쩡한 세상이 마치 술에 만취한 듯 정신 못 차린 채 절뚝거리며 마치 성난 개들이 대낮에 길거리에서 싸우는 것처럼, 개판인 세상을 비유적으로 그려내고 있다. 꼴랑 막걸리 세 잔 마셨다고 평평한 도로에서 발이 접질리는데, 이미 자신의 돈과 권력과 당리당략에 취해 국민은 안 보이고, 미친 개처럼 물고 뜯고 싸우는 정치인들을 빗대 선견先犬, 즉 앞서 가는 개새끼로 풍자하고 있는 것이다. 이미 제정신인 사람들이 드문 세상이 되어 버린 현실을 상징적인 의미로 풀어내고 있는 시적 화자는 시인의 감정이 이입된 현실에 대한 분노와 실망, 사회적 고발에 대한 간절한 열망이 담겨 있다.

그대를 만날 수 있으리라 부푼 기대를 안고 걸었다

발끝에 걸린 그림자를 따라갔다

그대에게 다다랐다고 생각하는 순간

세상은 적막했다

회색빛 두려움만 몰려왔다

하늘과 맞닿은 절벽이 나를 내려다보았다

눈이 부셔 제대로 쳐다볼 수 없었다

우거진 숲 사이로 이름 없는 잡초들의 아우성만 가득했다

내가 늦은 것인가

아직 도착하지 않은 것인가

저 끝에 서면 그대가 보일 수도 있을 거야

절벽 위를 향해 걸었다

가빠지는 숨소리 끝에 꽃향기가 묻어나고

땀방울 떨어진 땅 위에 새싹이 돋아났다

해가 저물 때까지 기다렸지만 그는 오지 않았다

얼마나 울었던가 겨우 길이 보였다

퉁퉁 부은 눈 속으로 폭우가 쏟아졌나?

절벽 너머로 폭포가 생겼다

말라버린 눈물샘을 대신해

절벽이 울고 있었다

- 눈물 폭포 [전문]

폭포는 절벽을 카테고리로 삼고 있다. 눈물도 절벽을 타고 흐른다. 그래서 우리는 어찌할 수 없는 지경에 이르렀을 때 눈물로 보상한다. 슬픔의 절벽, 고통의 절벽, 슬픔의 절벽, 분노의 절벽, 기쁨의 절벽, 등 그 끝에 다다르고 나면 눈물로 보상을 해야 살아갈 힘이 생기고 용서할 여유가 생기고 싸울 동력이 생긴다. 그래서 우리는 깊은 산에 들어가면 폭포 하나쯤 기대하게 되고 그곳에서 만난 폭포가 내장까지 시원하게 자신을 씻겨 주는 듯한 감동을 받고 멍하니 바라보며 혼을 빼앗기게 되는 것이다.

강으로 되돌아가는 길목, 거친 손짓을 피하며 힘껏 날아오른다

괴롭다 한들 피할 수 없고 힘에 부쳐도 쉴 수가 없다

높게 날아올라 하늘이 닿지 않는 곳까지 펄떡거리며 뛰어오른다

강둑 너머 펼쳐진 노을빛에 눈이 부시다

물보라 휘날리며 힘차게 날아오르던 너를 봄부터 기다렸다

흰나비도 다녀가며 너의 안부를 물었다

꿀벌도 나를 안아 주었다

구름의 눈물도 나를 흔들어 깨웠다

분홍빛 화관을 씌워 주며 연둣빛 치마를 입혀 주었다

알알이 맺힌 날들이 붉은색으로 변해버렸다

돌아와도 만날 수 없는 그대

저 산 너머 선홍빛 물결이 춤을 춘다

아마도 나를 위한 그대의 숨결인 것 같다

붉은 물빛 속에서 느껴지는 뜨거운 핏줄,

땅속 깊은 곳으로 흘러 물속의 연인과 만나는 순간

연어와 석류는 사랑을 했다

- 연어와 석류, 사랑을 했다 [전문]

연어와 석류가 사랑을 하면, 장미꽃으로 피어난다. 붉은 석류알과 붉은 연어알이 서로 세상에 깨어나기 전, 그 붉은 기운으로 만나 사랑을 하면 분명 붉은 장미꽃으로 피어날 것이다. 아니 어쩌면 붉은 노을이 될지도 모르겠다. 시적 상상력

은 그리하여 새로운 세상을 만들어 낸다. 물속도 땅속으로 뿌리를 뻗으면 석류를 만나게 되고, 땅속도 뿌리를 따라 내려가면 물속에 닿을 것이기 때문이다. 그 끝에 운명 같은 사랑으로 만나야 할 인연이 기다리고 있다.

어슴푸레 검은 이불을 내려 덮는 시간이 찾아오면

사부작 사부작 검정 비닐봉지 소리가 들린다

아버지가 빌라 3층을 걸어 올라오는 소리다

발걸음마다 흔들리는 비닐봉지 소리가 느릿하게 따라오는 걸

보니

하루 일이 호락호락하지 않았나 보다

문을 열고 환하게 웃으시며 '아빠 왔다' 하고는

비닐봉지 속에서 막걸리 한 병을 꺼내 식탁에 내려놓는다

저녁상에 빠지지 않고 등장하던 참새 방앗간 같은

막걸리 한 병,

밥상과 어우러져 하루의 고단함을 녹인다

내가 기다리는 고기반찬은 아무리 기다려도 나오지 않고

보기 싫은 김치만 자리 잡은 밥상에서

아빠의 막걸리까지 합세한 저녁상은 꼴 보기 싫었다

그렇게 매일 저녁 투덜대며

아빠와 마주하는 저녁은

재잘거리는 이야기도 환한 웃음도 없는

툴툴거리는 심술만 있었다

아버지는 감정을 짐작할 수 없는 묘한 표정으로

딸내미들이 밥을 다 먹을 때까지 천천히 막걸리를 마셨다

'밥 다 먹었네. 얼른 들어가 쉬어라.'

아버지는 막걸리와 함께한 저녁상을

물리자마자 혼곤한 잠에 빠져들었다

마주한 딸내미 얼굴보다 허전함과

고단함을 달래주던 막걸리가 더 좋았던 걸까

막걸리를 뼛속까지 끌어안은 채 눈을 감고 돌아눕던

아버지의 뒷모습은 쓸쓸했지만 편안해 보였다

30년이 흐른 지금, 식탁 위에 놓인 막걸리 한 병

이제는 내가 마신다

마주할 빈 잔도 없이 가득 들어찬 막걸리를

혼자 마신다

- 아버지의 막걸리를 내가 마신다 [전문]

최별하 시인의 기억 속 아버지는 젊은 아버지다. 고단한 삶을 살아내느라 퇴근길에 비닐봉지 속에 담아 온 막걸리 한 병을 마시고 깊은 잠 속에 빠져든 아버지는 47이라는 젊은 나이에 영원한 잠 속으로 빠져들었다. 술도 잘 못하면서 시적 화자가 막걸리를 한 잔씩 홀짝거리는 이유는 아버지에 대한 애증과 향수가 형벌처럼 소환되기 때문이다.

딸의 언어는 침묵이었고 아버지의 언어는 막걸리였던 시절, 세월이 지나 딸의 언어는 막걸리가 되었고, 아버지의 언어는 침묵이 되었다. 두 개의 상징이 결국 하나로 이어지고 나서야 화해의 술잔은 가슴 속을 타고 흐른다.

1월 1일 새벽 2시 30분

깊은 밤을 가로지르며 설악산에 도착했다

칼바람이 얼굴을 매섭게 쓸고 지나갔다

휘영청 달빛은 겨울나무를 흔들고

내 그림자를 감싸 안았다

밤새 공룡능선을 넘어왔지만 두려움은 없다

지금까지 내가 걸어온 길에 비하면

백만 분의 일도 안되는 등산길은

무모하고 정처 없었지만

아무도 오지 않는

적막 속에서 고요히 너만 바라보았다

아! 하고 울리는 탄성,

깊어가는 어둠 속에 너만 들여놓고

오래오래 보고 싶었다

발걸음마다 따라오는 너의 발자국 소리에

숨이 멎는 새벽녘

그동안 내가 그리워했던 것들은 모두

너무 가깝게 있었나 보다

별을 데려온 달빛에 내 마음을 보탰더니

새벽은 온통 찬란한 물빛을 얼리고 말았다

내 영혼은 이미 너를 따라가고 있었다

- 설악산 별빛 [전문]

　　이성선 시인은 설악산 별빛을 가장 사랑한 시인이다. 그가 평생 바라보았던 별빛도 설악산의 별빛이었고, 죽어서도 설악산의 별빛이 되었다. 최별하 시인은 틈만 나면 설악산 공룡능선을 오르며 자신만의 별빛을 찾아가고 있다. 홀로 견뎌내야 할 운명 같은 생의 길을 설악산의 별빛을 바라보며 위로와 치유를 받고 있는 것이다. 고단한 일과를 끝내고 야간산행으로 오른 설악산의 별빛은 어둠 속에서도 별빛만 잃지 않는다면 새벽에 떠오르는 찬란한 햇살을 마주할 수 있다. 그 속에 그동안 내가 그리워했던 모든 것들이 반짝이고 있기 때문이다.

나는 늘 같은 자리에 있었다
사람들이 지나갈 때마다 눈이 마주치지만
그저 스쳐 지나갈 뿐이다

낙엽을 바라보던 그녀가 말을 걸어왔다
'추워요?'

– 작은 바람에도 흔들리며
  심하게 추위를 타는 것 같지만 건강합니다
  나뭇가지 위에 까치가 앉아도 다만 휘청거릴 뿐이지요
  찬바람이 온몸을 휘감았다가 흔적도 없이 떠나갑니다
  바람마저 빠져나간 자리, 텅 빈 공허만 남았습니다

'홀가분해요?'

- 연둣빛으로 태어난 작은 나뭇잎이 있었습니다

  바람과 친하게 지내며 스르륵 정겨운 웃음소리를 내고

  햇빛에 온몸을 바쳐 사람들에게 쉴 곳을 만들어주었습니다

  세상을 행복하게 바라보며 신나게 웃던 좋은 친구였지요

  느지막한 저녁, 어떤 시선도 머무르지 않는 시간

  바람의 작은 손길에 힘없이 툭,

  떨어지는 낙엽이 되었습니다

  떠날 것을 알고 있었지만 안타까울 뿐입니다

  준비했던 이별도 아프지만 조금씩 홀가분해지고 있습니다

나뭇잎을 사랑하고 떠나보내야 할 때를 알고 있는 나무처럼

헤어져야 하는 운명인 걸 알고 있지만 이 순간은 영원할 것만

같다

고통이 없으면 행복한 순간도 깨닫지 못한다

눈물이 없으면 웃음이 고마운지 모른다

사람들은 누구나 상처를 안고 살아간다

천 년을 움직이지 않고 홀로 서 있는

나무도 있다

- 홀로 선 나무 [전문]

나무들은 모두 홀로 서 있다. 자신의 새끼라고 한 번이라도 껴안아준 적 없다. 볼을 부빌 줄도 모르고 그저 묵묵히 자라는 걸 바라볼 뿐이다. 그리고 뿌리에서 뿌리로 유전자를 전하고 하고 싶은 말도 전하고 스스로 견뎌내며 수십 년 수백 년 세월을 묵묵히 지켜볼 뿐이다. "사람들은 누구나 상처를 안고 살아간다/천 년을 움직이지 않고 홀로 서 있는/나무도 있다"라는 구절은 시인이 하고 싶은 말이다. 사람도 풀포기 하나도 바윗돌도 모두 상처를 안고 살아간다. 그러나 모두 자신만의 방법대로 참아내고 스스로 치유하며 견디며 살아낸다. 시적 화자가 홀로 선 나무로 살아가는 것처럼, 시인도 견뎌내야 하는 것이다. 그렇게 시간이 흐르다 보면 자신만의 무늬가 생기고 색깔이 생기고 이름이 생긴다. 그리고 그런 시간들이 시인의 이름이 된다.

설악산 별빛 아래 자신의 이름을 쓰는 최별하가 별이 되는 날, 하늘에서도 그 이름이 별처럼 빛날 것이기 때문이다.

오후의 잠

펴낸날 2025년 11월 20일

지은이 최별하
펴낸이 주계수 | **편집책임** 이슬기
교정편집 강병규 | **꾸민이** 전은정

펴낸곳 밥북 | **출판등록** 제 2014- 000085 호
주소 서울특별시 마포구 양화로 156 LG팰리스빌딩 917호
전화 02- 6925- 0370 | **팩스** 02- 6925- 0380
홈페이지 www.bobbook.co.kr | **이메일** bobbook@hanmail.net

© 최별하, 2025.
ISBN 979-11-7223-123-1 (03810)